何故

Naze

西村まどか

文芸社

はじめに

厚生労働省の発表によると、二〇二五年には高齢者の五人に一人は認知症になるのではと聞いたことがあります。私は介護ヘルパーになり十五年が過ぎ、その間には多くの認知症の方と関わってきました。もし家族の誰かが認知症になったら、あなたはどうしますか？　長姉は七十八歳、だいぶ前から認知症の兆候がみられるようになりました。身内というものは意外と気がつかないというか、認知症と思いたくないのかもしれませんね。長い間一番身近で姉と関わってきて、また介護の仕事に携わって色々な観点から、姉がおかしくなってきたのがわかりました。しかし、これを言い出して大変なことになりました。このようなこと他のご家庭でもあるでしょうか？　いや絶対にありません。

何故

猛暑まっただなかの八月のはじめ、実家の玄関のドアを開けると見慣れない靴があった。誰か来ているのかな、と思いながら廊下を通り抜けリビングに入って行った。なんとそこには、生け花を教えている長姉竹子のお弟子さんにサプリメントをすすめて怒られ、三年以上も姿を現さなかった三女道子が来ていた。どうやら数日前にも来ているようだ。介護ヘルパーをしている四女由美子は、近くに住んでいるので毎日のように来ているのに、どうして会わなかったのだろう、と思った。テーブルの上には白いプラスチックの瓶、他にもいくつかの小さなガラスの瓶が置いてあった。

「あれ、あんなに嫌がっていたさわやかサプリ飲むようになったんだ？」

と由美子が言うと、道子の目が引きつって、

「いいの」

と怒鳴って、由美子に口を挟まないようにさせ、

「五錠よ、わかった？　お姉さんは体調も悪いからこのビタミンも飲むのよ」

と何回も言っているが、竹子は理解できないようだった。それはあたりまえ。ここのところ竹子がおかしい、そう認知症でないかと思っていた由美子は、竹子が何を言

ったってすぐ忘れてしまうことを知っていたからだ。このサプリを飲むようになったのも、数日前に道子がひょこっと実家に来たら、竹子が玄関でうずくまっていたので、

「どうしたの？」

と聞いたら、

「具合が悪くて」

と言っているので、

「私はさわやかサプリ飲んでいるから元気だわ」

と言ったら自分も飲むと言ったとか。ふつうだったら病院へ行くことをすすめるか、ベッドに寝かせ、まず水を飲ませなくてはいけない。さすがサプリメントのセールスに夢中になっていた人の考えだと思った。今までも、由美子の家にセールスマニュアルの入ったノートパソコンを持ってきては夢中になって説明していたが、由美子は聞く耳を持たなかった。そして路上で知人に会っては、瓶を取り出しすすめている姿に、あきれるというか異様ささえ感じた。竹子は膠原病（こうげんびょう）という持病があったから、体調が悪くなるのは仕方がない。あとでわかるが、この年の漢字といっていつも師走に発表

されるわけだが、その字が「暑」という字だった。それから道子が毎日のように来てはテーブルの上にいくつもの瓶を置いて、何回も飲み方の説明をしている姿が見られるようになった。また、夕食を作って持って行ってあげた後にも、道子から「薬を飲んだか？」「錠剤の数が間違っていなかった？」を確認する電話が幾度となくあった。やはり、覚えられないのだと確信するようになった。そして竹子は毎週土曜日には由美子の家に泊まってはお風呂に入り、由美子が夫やカナダに住んでいる由美子の次明とスカイプを開けながらビールを飲んで楽しんでいたのに、

「さわやかサプリを持ってくるの忘れたから帰る」

と言うので、

「あれは薬でないんだから、一回くらい飲まなくたって大丈夫なんだから」

と諭しても、まるでサプリメント教にでもはまってしまったみたいで、由美子の言うことを聞き入れようともしなかった。のちに道子からチラッと聞いた話によると、セールスをすすめた知人はもうからないからやめたとか。その時は怒鳴られるから黙っていたがそんなものだ。この錠剤が効くとか効かないとかいう問題でなく、売るこ

とを目的として研修をうけているのだから当然だ。説明書を読んだって、多量摂取により疾病が治癒したり、より健康が増進するものではない。一日の摂取目安量を守ってと書いてあるから。

由美子には六人の兄弟姉妹がいる。竹子のすぐ下は生まれつき障碍（しょうがい）のあった桃子、思いやりのある長兄元也。竹子と住んでいる次男和夫。和夫は小学生の頃、学芸会で人を笑わせるような落語を行ったことがあるらしい。そんな和夫がなぜ暴力をふるうようになったのかわからない。そして三女の道子。道子はある宗教に入信しているせいかわからないが、由美子が何を話しても聞き入れようともしない。妹の直子は占いが大好き。だから思想的にも道子と気があったのだろう。ほぼ二歳ずつ歳がはなれている。戦後の貧しい生活の中、両親も子供がたくさんいて、育てるのに必死だったと思う。と言っても、兄たちには「末のお前に何がわかるんだ」と言われるだろう。

由美子は高校卒業後、一年間英会話スクールに通い、その後一時家庭に入るが十七年余り金融機関に勤めた。英会話スクールに通っている時は、たどたどしい英語だったが、竹子の外国から来たお弟子さんの通訳もしたことがある。そして辞書で調べながら、バングラデシュの男性と文通をしたこともある。何しろ好奇心だけは人一倍あった。

竹子がおかしいと思うようになってから、毎日記録をとるようにした。いつからと言われてもわからないが、本当に気がついたのはこの年の一月頃だっただろうか。日々チェックしなくてはと思っていた矢先、道子が実家に出入りするようになった。直子は山梨県に住んでいるのでほとんど連絡を取っていなかった。たまに来ても、たわいもない話で終わってしまって気がつかなかったかもしれない。だから何を話しても、証拠がない、信じない、嘘を言っていると言われ本当に悲しい。それこそ、久しぶりに竹子と会った人こそ、おかしくなったことに気がつかないのだろうか？　直子も以前介護ヘルパーをしていたのだから、アルツハイマー型認知症という話をした時に、少しは耳を傾けてほしかった。

由美子が実家に行くと竹子は目くばせして、そこのドアを閉めてという合図をする。隣のリビングには、和夫がテレビの前に陣取っている。広い部屋なのに、本当に近い場所にいるから、ひそひそ話でもしなければ何もかも聞こえるかもしれない。だから閉めることが由美子の苦痛となった。いつだったか、

「和夫ちゃんが怖いからドキドキする」

と言ったら、それもベッドの上で小さな声で言ったのに聞こえたのだろう。帰ろうとしたら、

「お前なあ、俺が怖くてドキドキするんだったらもう来なくていいぞ。お前が来るから鍵を変えちゃおうと、姉ちゃんが言ってたぞ。だけど俺がやめさせたんだ」

確かにその時は言ったのだろう。でも、そこだけ聞けば悲しいけれど、由美子がいない時に道子たちとの話の流れから出たことだろう。竹子がまともと思って、わざわざ由美子に報告することが何とも言えない。由美子の前ではいつも、あんたには世話になったけれど何もお返しできないと言っているので、それこそ気にする由美子のほうがおかしいのかもしれない。

やはり聞いていたんだ。

「だってそうだもの」

と言ったら、手をにぎりこぶしにして立ちあがろうとしながら、

「なにを」

と言ったので、逃げるようにして実家を出ていった。こうして玄関まで追いかけられてきたことが何回あっただろう。愛犬クウもそういう情景を見るたびに、興奮したようになって爪をたて、ドアを開けてほしいというしぐさをした。のちに知人の息子さんで、獣医師をしている人から聞いた話によると、この場から逃げ出したいというしぐさなんだとか。

おかしいと思っているのは由美子だけでなく、竹子の友人や知人から、家の電話や携帯電話にたびたびかかってくるようになり、「やっぱり」と確信した。本当は電話番号なんて教えることはなかったのだが、日を追うごとにおかしくなっていくことがわかったので、情報がほしかったからだ。

しかし兄弟姉妹が連絡を取り合って、竹子はおかしくない、お前みたいにそんな人

ばかり見ているからお前の方がおかしいんだと言われ、心身ともに疲れ果て、
「みんなが私のこと悪い悪いと言うから、もう死にたい」
と言って逃げるように帰ってきたこともあった。それでも和夫はテレビを見ている
ふりをして、返事をすることもなかった。こんなことで、これから実家に出入りする
ことができるのだろうか？　色々なことを考えながら自転車を走らせた。
家に着いて、ドアを開けていると電話が鳴っていた。誰からと見る余裕もなく、駆
け込んで受話器をとると、
「お前なー、死にたいんだったら早く死ねー」
ただそれだけで切れた。それはまさしく和夫の声だった。由美子は震えが止まらず
呆然とした。そばにいた夫は誰から何を言われたかを聞かなくても、和夫か道子から
だったと思ったことだろう。夫は五年前に退職した。この機会に、長い間住んでいた
荒川区から無理やり由美子の実家のある武蔵野市に引っ張ってきた。これから皆で老
後を楽しく過ごすつもりが、こんなことになってしまって可哀想なことをした。

さわやかサプリメントを飲まないというんだったら、竹子の面倒を一生みないからと言っていた道子が来るようになって、色々なことが起こった。竹子の部屋に入っていこうとしたら、ベッドの上で、何かたくさんの通帳らしきものをひろげている光景をよく見るようになった。そして、何かを説明しているようだ。介護ヘルパーになる前、長い間金融機関に勤めていた由美子は、とっさに通帳だとわかった。そばに近寄っていける雰囲気ではなかったので、リビングへ引き返した。すると道子に呼ばれ、

「これからはここのうちの経費、お姉さんじゃ何もできないから私がやるから。あんたのうちのレシート持ってきて。ここで経費として落とすから」

と言い、作ってきた黄色いA４判くらいのインデックスで種類分けしたファイルを見せ、いつのまにか和夫と竹子の通帳を管理するようになっていた。

（エー、それってどういうこと。お姉さんの通帳でしょ。嫁に出た人がどうしてするの？　今までお姉さんがすべてやっていたのに……。竹子もよく黙っていた。それはそうだろう、されたこともすぐ忘れてしまうのだから）

そんなある日竹子が、

「道子が、勝手に定期預金百万円下ろしてしまった。生活費の五十万円も持っていっちゃった」

と言うので、道子に電話してみた。すると、

「あれは借りただけよ。五十万円は仏壇の所に置いておくと失くしてしまうから持っていったのよ」

それは本当の話だった。竹子が言わなければ知らなかった。今は本人が署名捺印しなければ下ろせないので、竹子を銀行に連れて行ったのだろう。和夫と道子が通帳を管理するようになったとはいえ、少しだけは覚えていたのだと思う。

「道子ちゃん借用書は書いたの？」

と言うと、そばにいた和夫が、

「そんなもの兄弟姉妹だからいいんだ」

と怒鳴った。

(ついにきたな)

それから二、三日して、また道子に電話した。

「道子ちゃん、明が二百万円盗まれてしまったの、貸してくれない？」

と言うとそんなお金はないと言うので
「道子ちゃんが下ろしたお金はどうしたの？」

と言うと、電話を切られてしまった。

息子がお金を盗まれたという話は嘘だ。姉名義の預金を勝手に動かしているから、おかしいのではと思ってしたことだ。だから数字を一から二に変えただけで、金額なんてどうでもいいことだった。しかし、こんなことがまかり通っていいのだろうかと感じながらも、悪いことをしたと思い、和夫がクウを散歩するコースを知っていたので、謝ろうと思って待ちぶせした。謝ったが、和夫は返事もせず、クウに繋いだリードに引かれて歩いて行った。仕事が終わり改めて実家に謝りに行ったところ、いきなり「この嘘つき」と言って由美子を怒鳴り何回もひっぱたいた。それを見ていた竹子が「やめて！　やめて！」と叫び出し、大変な騒動になってしまった。

こんなことをされた次の週、介護の仕事を始めて間もないお宅を訪問した。いつも

必ず仏壇に手を合わせてから仕事を始める。すると後から奥様がいらして、

「小池さん、今日はお父さんに小池さんを助けてあげてと頼んだのよ」

とおっしゃった。

（エー、それってどういうこと？　まだ数か月前からお世話になったばかりだというのに。どうして私のことがわかるの？）

家庭のことなど話したこともないのに、自分の心を読まれてしまいドキッとした。まるで霊能者みたいな人だと思い、人を助けに行ったはずなのに助けられ困惑した。


道子はそれから毎日のように実家に来るようになり、すべてをしきるようになった。固定電話を、まず自分の家に一番先にかかってくるように設定した。道子は野口だから前にアを付けると「ア野口」となり、由美子が小池だから単純に考えれば道子のほうが先に電話がかけられるようになる。こんな小細工、頭の悪い由美子にはとても思いつかない。今まで何かというと由美子に電話してきたのにかけられなくなった。何も遠い深大寺から来なくても、目と鼻の先に住んでいる由美子が行ってあげていたの

に、それもできなくなってしまった。しかし、竹子も電話をかけることもできなくなっていたので、そんなことをされても何も言わず、腹が立っていた由美子の頭のほうがおかしくなっていたのかもしれない。その話をカナダに住んでいる明に話した。

「お母さん、何かおかしいよね。お姉ちゃんにもずいぶん電話していないなあ。僕も話したいことあるから後で電話してみるよ。ずいぶん世話になったしね」

竹子は結婚をしていないから、甥や姪はなぜか皆「お姉ちゃん」と言っていた。さっそく、次の日明から電話があった。

「お母さん、お姉ちゃんに電話してみたよ。この電話はおつなぎすることできませんというメッセージが流れてきた。時差もちゃんと計算して電話したのに……。どこかへ行っているのかな?」

「そんなことないわよ、お母さんがかけてもそういうメッセージが流れてくるんだから。道子おばさん頭がいいから、登録してある名前から着信拒否する人を分けたんじゃない?　こまったね。あんたも可哀想だけれど我慢するしかないね。もうお姉ちゃんと話すことはないと思うけれど、あんたが最後にスカイプで話した時とは全然変わってしまったから……。但し、もし話す機会ができたとしても、お姉ちゃんが話すことを否定だけはしてはダメよ」

「わかった、お母さんもつらいよね、僕がそばにいないから何にもしてあげられなくて……。おばあちゃんがが生きていたらどんなにか悲しむだろうね」

それ以来実家に行くこともなく、そばのスーパーや銀行に用があっても遠回りして、なるべく実家の前の道は通らないようにした。


それから数か月たった夕方、道子から電話があり、お金を返すから実家に来てほしいというのだ。もう由美子を除く兄弟姉妹から虐待されていたので行く気にはなれなかった。それなのにいつまででも来るのを待っていると言うので、夫が行くなと言っているのに行ってみた。そこには重苦しい空気が流れていた。

(しかし、そんな大金返すなんてどうしたんだろう)

「あんたは金融機関に勤めていたんだから数えてよ」

と言って、1センチくらいの幅の札束を由美子に無造作に手渡した。そんなお金数

える気にもなれなかったが、数えないわけにもいかない。椅子に座って数えていると和夫がそばにきて、

「どけー、そこはおれの席だ」

と怒鳴りだした。かなりお酒が回っている様子だった。

「すごいわね」

と言うと、

「なにを」

と言って、そばにあった数冊の本を由美子に投げつけた。翌日には利き手の左手の甲にあざができて、重たいものを持つこともできず、それを隠して仕事に行った。土曜日だから病院も午前中で終わってしまうので、来週からの仕事のことを考えると通院しないわけにはいかなかった。しかし数えたお金も、竹子が管理しているわけではないからどうなったかわからない。直子にこの話をしても、その場にいたわけでもないのに、そんなこと和夫がするはずがないの一点張りだった。それでも由美子があまりしつこく言うものだから、投げたかもしれないが、由美子が手をはらって椅子にぶ

つけたんだと言った。何を言ったって由美子の言うことは信じなかった。これがすべてことを大きくし、由美子を悩ませる原因となった。見ていないことはわからないことなんだから、何も言わなければいいのに。

久しぶりに実家へ行くと、竹子がベッドに座って泣いていた。珍しく和夫も道子もいなかったのでホッとした。ドアをコッソリ開けないとクウが気がついてしまうから、ことによってはその場で帰らなければならない。本当につらい。どうしたのかとそばに寄っていくと、何か書いていたようだがその手を止め、サッと手を後ろに回し何かを隠した。

「お姉さんどうしたの、泣いたりして?」

「何でもない」

と言って、あわてて何もなかったふりをした。

どうも隠したものはノートのようだが、見せなくてもいい。どうせ今したことはすぐ忘れてしまうから。隠した場所を見たので、後でこっそり見ればいい。次女の桃子ちゃんが生まれつきの障碍者だったので、母がつきっきりだった。それで竹子が親のように家族をしきって、涙なんか流す人ではなかった。それなのに最近では、ちょっとしたことでも涙を流す。これも認知症がすすんだせいかな？ と由美子なりに思った。それよりさっき隠したものはなんだったのか、早く家に帰って見なければ、と思って話をそらし、

「そういえばお姉さん、この間私にブラウスくれると言ってたじゃない。あんたに似合いそうだからと言って」

「どれよ、覚えていない」

「いいから洋服ダンスの中探してよ」

竹子は、由美子に限らず姉妹たちによく服をくれた。それが半端でない高いものだから、いつも友達に洋服が歩いているみたいだなんて言われたものだった。最近ではそんな話全然なかったけれど、ベッドから移動させるにはこれしかなかった。どれだったかな？ という顔をして何とか立ちあがり探しに行った。そのすきに、お尻の下あたりに隠したノートをさっとバッグに入れた。

「なければいいわよ、また今度で……。そうだ、うちでやることあったんだ、帰るね」

　来たばかりだが、涙を流していたということは何かあるに違いないと思い、逃げるようにして実家をあとにした。何しろ竹子が泣いていた訳が、このノートに書いてあることは間違いない。

　家に帰ってくるやいなや、リビングのソファーに座ってバッグを開けようとするが焦っているものだから、たった30センチかそこらのチャックがなかなか開かない。夫がどうしたんだというような顔をしていたがそんなこと気にしていられない。

（これだ）

　取り出したＢ５判より少し小さなピンク色の模様が入ったノートをめくってみると、まず目に入ったのは由美子の次男の名前だった。

「明は偉いね、一人で頑張って。お姉ちゃんは負けてしまいました」

　その時々の思っていることは本当だと思う。竹子は結婚していないから、由美子の長男伸一や次男明に限らず、甥や姪をかわいがって、色々な所へ連れて行ってくれた。特に明が思春期にいじめにあい、登校拒否した時は、

「学校に行きたくないんだったら行かなくていい、おばあちゃんの家にいればいい」と言ってくれた。由美子がどうしたらいいんだろうとおどおどしているものだから、親代わりになって真剣に面倒をみてくれた。そんな明もカナダの大学に行くことも自分で決め、なんとか生活することができるようになったことを思い出してくれたのだろう。

そして、今にも竹子が死んでしまうかのようで、兄弟姉妹の性格というか回想録や義理の妹や弟のことが書いてあった。また由美子の夫が桃子ちゃんをかわいがってあげたことが嬉しかったことも。最後にはすべての人に、「わがままな姉を支えてくれてありがとう、恩返しもできない」としめくくってあった。

竹子がおかしくなったと感じるようになったのは今から八年くらい前、七十歳くらいになった頃からだろうか？　友人たちの話によると、もっと前の十年くらい前だという。その年の三月、桃子ちゃんが急に亡くなったので覚えていてくれた。竹子は、生まれつき障碍のあった桃子ちゃんを隠そうともせずオープンにしていたから、皆の記憶に残っていたのだと思う。身内というものは、何かおかしいことがあっても、前からそういう人だと言って気がつかないが、日ごとにおかしくなっていくのがわかった。それ以来、由美子の人生が狂い始めた。

ある日、実家のトイレに行ったら排便を流しておらず、そばには脱ぎ捨てた下着がそっくり置いてあった。

(お姉さんたら本当にだらしがないんだから。なんでこんなところに置いていったのだろう)

下着が汚れているかも見ず、洗濯機に投げ込み、竹子の部屋に入っていった。

「トイレにパンツが脱ぎっぱなしだったよ、どうしたのよ」

「エー、そうだった?」

まるっきり覚えていない。昔からだらしがない人だからと、その時はそれで終わったが、頻繁に続くようになった。週末由美子の家に泊まって入浴した時も、何かお尻

をもぞもぞしているので、

「どうしたの？」

と言うと、裸のままトイレに行き、ペーパーをぐるぐる巻いて拭いていた。見てあげると、まだ便がたくさんついているではないか。

「もういい、シャワーで流してあげるから」

そう言ってきれいにしてあげたはずなのに、浴槽を見たら小指の先くらいの便が入っていた。次に入る夫にばれたら、入らないに決まっているので、こっそりと洗面器ですくおうとするが、プカプカ浮いてしまってなかなかとれない。


こんな竹子だが、すごいやり手だった。洋裁、書道、ゴルフ、ダンス、時には世界を飛び回って写真を撮りにいき、コンテストに入賞したこともある。息子たちにスキーを教えてくれたのも竹子だ。運転免許をとり、母やどこにも行くことのできない桃子ちゃんを、あちらこちらに連れて行ってあげた。不動産も借金したってなんのその、怖さ知らずでいくつか持っていた。その中の一つ、熱海の温泉付きマンションに竹子と泊まりに行ったある日、温泉の入り口に貼り紙がしてあった。

【温泉の中に便が入っていました。入る時はきれいに流してから入って下さい】

といった内容だった。

これを読んで、由美子はドキッとした。その日は見回したところ、数軒の家族しか来ていない。子供も見かけなかったので、まず竹子をうたぐった。最近、失禁が多くなっていることが気になっていたからだ。このマンションを買った時、由美子は何も知らなかった。後でわかったことだが、竹子はその時
「急に一泊で出かける用事ができたの。桃子ちゃんが一人になってしまうから家に泊まって」

と言った。あえて、どこに行くのかも聞かなかった。桃子ちゃんもベッドで寝てばかりいるより、たまには車いすに乗せ、商店街を見せてあげたほうが喜ぶと思い由美子の家に泊まらせることにした。どうやらその時に、初めて見せるために友達を連れて行ったようだ。

それからまもなくして、桃子ちゃんが亡くなった。竹子はいつでも桃子ちゃんのた

めと思い、行動を起こした。本当に優しい。熱海にも、落ち着いたら連れてきてあげるつもりだったらしいが、残念ながらかなわなかった。このマンションは、ベランダに出ると左手に熱海城、右手には伊東に続くなだらかな海岸が見える。真正面には初島が見え、後ろからのぼってくる日の出がなんとも言えない。もう何回も来ているから、今回は温泉に入る目的で来た。まさかここに来てまで、こんな心配事が起こると思いもしなかった。

河口湖のそばにも別荘がある。ここは熱海のマンションを買った時よりずっと前、それこそ由美子が高校生の頃、父がバードウオッチングに出かけた時見つけ、土地だけ買ってあった。そこは竹子が、まだ母の生前中、桃子ちゃんそして兄弟姉妹に喜んでもらうために建てたものだ。八畳のキッチン、十畳の居室があり、身内で行くぶんにはこの広さで問題はなかった。他にもっと広い土地がある。そこでは野菜や果物などを作って、バーベキューなどをして楽しんだ。ある時、由美子の友人家族を何組か連れて行った。子供たちのほとんどが小学生だったので、無理やり押し込んで何とかなった。夏休みでもあり、暑くて廊下やキッチンに寝た子もいた。それでも嫌な子は車の中で寝ていた。

「お姉さん、みんな喜んでいたよ。友達が多すぎて寝るのに大変だったのよ。子供たちで車の中で寝た子が何人かいたの。もう少し大きい家建ててよ」

と言ったら、考える間もなく、

「いいわよ」

と言って一年もたたずに、それこそ、二階建ての大きなシャンデリアがつるしてある立派なものを隣に建ててくれた。そして、まだレーザーディスクが世間にあまり広まっていないというのにすぐ買ってくれ、みんなでカラオケをして楽しんだ。それも母や桃子ちゃん、そして兄弟姉妹が楽しむためにやってくれたことだ。こんな行動力、ちょっとやそっとでできる人はいない。

　何しろ神経が疲れることが多くなった。しかし現状をすべて受け入れているから、気分転換に食事にでも連れて行ってあげようと思った。たまたま由美子の家に泊まりに来ていたが、あまりにもよれよれの服だったので着替えてくるように言い、実家の前まで送っていった。

「駅で待っているからね」

と言って別れたのに、待てど暮らせどいっこうに来ない。和夫と口にしただけでドキドキする精神状態になっていたので、迎えに行くこともできない。

ずいぶん待っていた。とうに三十分は過ぎていたと思う。すると足早に歩いてくる竹子の姿が見えた。その姿を見て愕然とした。帰る時に貸してあげた茶色いズボンにグレーの半コート、左手をポケットに入れ、素足でサンダルだか何だかわからない靴を履いて。今までは仕事上ブランド品ばかり着ていた人とは思えない姿だった。認知症になると身なりも気にしなくなる。まさに竹子のこの姿だ。

「お姉さん、遅かったけれどどうしたの？」

と言うと、

「クウの散歩に行ってきたのよ」

「エー、駅で待っているからねと言ったじゃない、忘れたの？　それに洋服も着替えてこないで……。まあいいわ、行くわよ」

そう言って切符を買いに行くと、右のポケットから一枚の五百円硬貨を出した。

「エー、それしかないの？　バッグも持ってこないで」

しかし、駅で待っていることをよく思い出した。

今までは金持ちの竹子が払うのが当たり前だった。誘ったのだからご馳走してもらうつもりもなかったが、この姿が不憫でならなかった。吉祥寺で降り、アトレの中を通っていくと東急デパートの看板が見えてきた。その数軒先だから、ダイヤ街を通って行ってもさほど時間的には変わらない。

「お姉さんレストランバンビ知っているでしょ、これからそこに行くのよ？　高校時代よく連れてきてもらったよね。ということは五十年以上やっているということよ」

三階建てのたいして大きな店ではないが、人気があり若いカップルふうの人が何組か並んでいた。やっと席が空いて座るやいなや、

「入れ歯を作り直していないから合わない」

と言いながら、左手でしきりにさわっていた。

（そんなことない、竹子の友人の弟さんの歯科医院で作り直したばかりだということは聞いているし、何回も失くしては作り直していた。これ以上は作れないと言われたことも知っている。クウがどこかへくわえていって隠してしまったこともあるようだが、本当のことはわからない。それが、あちらこちら探しても見つからないというのが不思議でならない）

ここのハンバーグ、特にデミグラスソースは何とも言えない。口のまわりにはソースをいっぱいつけ、ライスはテーブルの下にボロボロこぼすし、まるで子供が食べているようだった。今日は久しぶりだし、二人ともお酒が好きだからビールかワインでも飲もうと思ったけれど、そんな気分になれなかった。

由美子が武蔵野市に引っ越してきて八年になる。竹子が忙しい人だったから、それ以来実家というか、竹子や桃子ちゃんの面倒をみてきたつもり。和夫はその言葉を口にすると必ず、面倒をみたなんて言わせないと言った。ただ近くに住んでいて、竹子とは十歳以上はなれているから、当然と思ってやっていただけで、言葉が見つからないだけだった。まずおかしいと感じるようになったのは、財布がない通帳がないと言っては交番に何回も行く。

「お姉さん、そんなことばかりしていると交番で有名になっちゃうよ」

と言ってあげた。買ってきた野菜を間違えて冷凍室に入れて凍らせてしまう。まあこんなこと誰でもたまにはあると思うから、おかしくなったことをみのがしてしまう。由美子の家の電話番号を忘れて、手当たり次第のカレンダーに書き込む。同じものを何回も買ってくる。驚いたのは家の鍵だ。首に二個かけ、ポシェットにも二個結わえつけている。他にも数本由美子が預かっているのに、鍵がないないとさわぐ。

「首にもバッグにもいくつもつけているじゃない。そんなに持っていてどうするの?」

するると、

「和夫が閉めちゃうから家に入れないのよ」

「そんなことないよ、和夫ちゃんは夜中もかけないんだから大丈夫だよ」

本当に色々あった。鍵がないから、家に入れないと不安になる。こういうことをするようになることが認知症の始まりだ。竹子の日々の行動を家族が集まって話し合いができないのが残念。おかしくないと言うのなら、すべてを今までのように竹子にまかせればいい。

それからだいぶたってからのこと。趣味の写真クラブの人たちと、長年行っていた八ヶ岳高原に二泊三日で行くというではないか。その人たちは皆竹子より五歳から十歳も年上の人。当然八十歳を過ぎた人もいた。今までは皆さんの切符をまとめて買ってあげたり、ホテルの予約申し込みもすべてやってあげていた。しかし今回行くにあたっては、自分の切符を失くしては買いに行ったことが何回あっただろうか？　これで本当に行かれるのか心配になって、当日駅まで送って行った。改札口のそばには竹子より五歳は年上だろうか、ふっくらとした品のいい女性が立っていた。お会いしたのは初めてだが、竹子が挨拶したので、友人だということがわかった。日帰りで都内で食事をしたり、写真展を見に行ったりしたことは何回かあったようだが、旅行に行くのは久しぶり。竹子がおかしくなったことがばれなければいいと思いながら会釈して、

「寺崎の妹の小池です。いつも姉がお世話になっています」

「川原です、こちらこそお姉さんにはいつもお世話になっているのよ」

そう言ってお互いに挨拶した。

「お金と切符はバッグの内側に入っています。なにかあったら電話下さい」

と言って、由美子の家の電話と携帯番号を小さなメモに書いて渡した。川原さんは頭のいい方だとお聞きしているので、由美子が送りに来たり、こんなことまで言っていくなんておかしいと思ったに違いない。しかし、まだまともな時もあるので、何とか送り出してホッとした。

そして、あっという間に二泊が過ぎた。午後の仕事が一段落し自転車を走らせているると、バッグの中で携帯電話が鳴っているのがわかった。自転車を道路の脇に止めて見ると、なんと川原さんからだった。いやな予感がしたけれど出ないわけにはいかない。

「このたびは姉が大変お世話になりました」

「いえ、あのー今お話しする時間ありますか？」

「介護の仕事が一段落して、道端ですがよろしいですか？」

「実は向こうでおかしなことがたくさんあったの。温泉に入ったら他人の服を着ても平然としているし、今言ったこともすっかり忘れてしまって。それなのに、昔の写真を見せるとよく覚えているのよね。今までのお姉さんじゃないみたいで、みんなびっくりしていたの」

「そうですか……」

「それで、言いにくいんですがみんなで話し合ったの。認知症になったのではないかと言ってあげるのも親切よ。ということになったの」

「わかりました、近日中に病院でみてもらってきます」

そう言って電話を切ったが、由美子が思っていたことが、ついに起こってしまった。

あとで聞いた話によると、友達の中には内科医の奥様がいらしたとか。

まだ決まったわけではないが、アルツハイマー型認知症というのは、昔のことはよく覚えているが今あったことはすぐ忘れてしまう。これも、すすんでくればすべてのことを忘れてしまう。何回も研修を受けているしテレビ等でも騒がれているので、最近の竹子を見てきて、そうだと思っていた。

武蔵野市の保養所が箱根にある。母や桃子ちゃん、そして姉妹の子供たちとずいぶん行ったことがある。それもみんな竹子がお金を払ってくれ、楽しい思いをした。せっかく武蔵野市に引っ越ししてきたのだから、今度は由美子が連れて行ってあげようと思った。ここにくる前は車を持っていた。今は駅にも近いし、いざという時は実家の車を借りればいいくらいに思って処分してしまった。さあ、いざ車で行こうと思っていたら、車は乗るなスペアキーは返せと、和夫と道子が一緒になって言った。仕方ないから、たまにはロマンスカーで行くのもいいと思い、夫が指定席券を先に買っておいた。当日の朝も、

「今日は午後から箱根に一泊で行くんだから。仕事終わったら迎えに来るから用意しておいてね、わかった？」

と言って仕事に出かけようとすると、ベッドに横になっていたが、

「えっ、今日何日だっけ、カレンダーに書いておくから」

と言って、いつものようにあちらこちらにかけてあるものを持ってきて書き込んで、わかったと返事をしていた。それなのに迎えに来ればぐっすりと眠っているではないか。

「あれーどうしたの。午後から箱根に行くからねと、朝言いに来たでしょ？」

「そうだっけ」

という始末。

由美子が柱にかけてある時計を見たら、十一時半。ロマンスカーの出発は十二時五十分。駅まで歩いて、すぐ電車に乗れたとしても、新宿駅の小田急線の改札口までは、左足に人工関節を入れている竹子には五十分はかかる。髪はぼさぼさで汚い服を着ていたが、今出ないと間に合わない。仕方がないから、そのまま連れ出した。それでも、新宿駅に着いたらお弁当と飲み物を買う時間がやっとのことであった。考えてみたら、車内でも売っているのだから、あせることはなかったのだ。急いでいると何の考えもつかなくなってしまう。今日も、おかしくなったことを承知で連れて行ったはずなのに、やはり姉妹だ。まともと思って話しているのだから。小田原駅に着くと、箱根登山鉄道に乗り換えた。ここで保養所に連絡を入れておけば、大平台駅まで迎えに来てくれる。宮ノ下の少し先だからいくらでもない。正月には箱根駅伝がそばを走る。小涌園のそばで見たことがある。春にはまわりにたくさんのあじさいが咲き、たまには電車で来るのもいいと思った。彫刻の森にも何回も行ったことがある。今回の目的は、美味しい料理を食べて温泉に入ることだ。まず、着いたら温泉に行った。以前、浴槽の中に排便があったことや、他人の服を着ても平然としていたことも聞いているから、目が離せない。認知症と思っている人に、お酒を飲ませるのはどうか、由美子は迷った。大好きなビールだし、温泉から出てきたばかりだから、ほんの口をしめらせるていどグラスに入れてあげ三人で乾杯した。料理もたくさんあったが残さず食べ、ご飯もおかわりしていた。一泊だからあっという間に過ぎてしまった。思う存分竹子の好きなようにしてあげたつもり。満足したかどうかわからないけれど、翌日実家に行って聞いてみた。

「お姉さん、昨日箱根に行って楽しかった？」

と言ったら、

「えっ、箱根に行ったの？」

「行ったじゃない。お姉さんの大好きな金目鯛の煮付け頼んであげたでしょ。あれ五千円もするのよ。一人で夢中になって食べていたじゃない？」

（ああ、やっぱりそうか。でもこのことは誰にも言えない。行きたくないものを勝手に連れて行ったと言われるから）


竹子の誕生日は一月三日。次の日は生け花教室の新年会が大阪である。いつも一泊二日で行く。もう四十年以上続いているのではないだろうか？　今回は大晦日に転倒し、十年前に大腿骨を手術したあたりが痛いというので、行くのをやめるように言った。しかし、今回で行くのをやめるつもりだから、どうしても行きたいと言う。由美子は仕方なく、湿布薬を何枚も貼って様子を見ることにした。前日になっても痛いと言ってたが、何が何でも行くというので支度をしてあげた。役員の人からも一泊だから何もいらないと聞いていたので、下着一枚とストッキング、そして湿布薬だけをショルダーバッグに入れてあげた。切符も買ってあるから、一万円と小銭を財布に入れ、肩にかけられるような小さなポシェットにひとまとめにした。今までは財布に他の人の分まで入れ、自分が先頭になって面倒を見てあげていた。しかしこんな状態になってしまったので、用意したものすべて由美子が家に持ち帰り、朝持ってきた。

「お姉さん、仕事に行ってくるからね。このバッグの中のもの絶対に動かさないでね。十時半に出るのよ、わかった？　東京駅に行けば中野さんが待っているからね、行かれる？」

「大丈夫よ、しつこく言わなくても」

本当は休んで東京駅まで行ってあげればよかったが、何たって仕事が忙しいので、由美子は心配はしつつも実家をあとにした。一件目の仕事が終わったのが十時過ぎ、やはり頭から離れなかったので電話をしてみると竹子が出た。

「今出るところだから」

「そう、気をつけてね」

出かけるということは何とかなったんだ、と由美子は自分に言い聞かせた。これ以上心配しても仕方がない。ただ祈るだけ。本当に不安だった。次の朝になっても中野さんから電話がないから、私の心配しすぎだったのだと思い、由美子はひと安心した。一泊なんてあっという間だった。夜の九時過ぎに帰ってくるのは例年通りだとわかっていたので、駅まで迎えに行った。ズボンをはきコートを着て行ったけれど、さすがに一月の夜は寒い。今までだったら近いし、迎えに行くなんてありえなかった。こんな時間だし、正月明けだから改札口を通る人はほんのまばらだから見逃すわけがない。一時間以上待っているのに出てくる様子がない。時計を見たら十時を回っている。やはり行かせたのがまずかったのかな、と思っていたら、襟に毛皮のついた長い、いかにも重そうなコートを着て、右手に杖を持ち左手でキャリーバッグを引いている竹子の姿が目にはいった。

(あれ、なんでキャリーバッグなんか持っているんだろう。まあいいか、帰って来られたんだから何も言うのはよそう。よかったよかった)

家に着くまでロータリーを渡りほんの数分、これといって話すこともなく、先に行って三階のドアを開けると、クウが誰もいなくて淋しかったのか、飛びついてすり寄ってきた。

ちょうどその時、電話が鳴っているのが聞こえた。何もかも放り投げリビングへ入って行った。

「もしもし、あっ中野さん、このたびは大変お世話になりました。今姉を駅まで迎えに行って帰ってきたところです」

「私も今家に着いたところよ。実はね……」

由美子はこの一言で察した。

「やはり何かあったんですね？」

「本当は言うのよそうと思ったんだけれど……。お姉さんのこと責めないでね」

「どうしたんでしょうか、大丈夫です。きっとご迷惑おかけするだろうと思い、行くのをやめるように言ったのですが、何たってきかないものですから」

「今朝ホテルの部屋へ行ってみたら、ベッドの上に山のようなシャツやパンツが置いてあるの。そして夕べ、このサンドイッチは明日の朝食べてね、と渡したのにそれがないのよね？

『先生、昨日渡したサンドイッチはどうしたの？』

と言ったら、

『そんなものもらわないわよ、なんだっていうのよ』

と怒って言うの」

由美子は言葉につまった。

「それ、間違いなく昨日食べてしまったんだと思います」

ここで中野さんには言わなかったが、認知症の人は、今食べたことすら忘れてしまう。時には、逆に食べてもいないのに、今食べたばかりだし、薬も飲んだからいらないと、がんとして拒否する。そういう時は無理にすすめず、時間をかけて、ゆっくり食べてもらう。

「それに、昨日の夜だって人一倍食べているのよ。今日もバスに乗ろうとしたらいないの。みんなで探していたら一人だけ先に乗っているの。今度は出発しようとしたら忘れ物したからと言って、バスから降りてなかなか戻ってこないの。こんなことで家まで帰れるかと思い、東京駅で中央線に乗せ、何度も武蔵境駅で降りてね、と言って発車するのを見送って帰ってきたところなの」

「申し訳ありませんでした。駅で待っていたら、なんでキャリーバッグなんか持っているのだろう、なんで足が痛いというのに長いコートなんか着ているのだろうと思いました。中野さんから一泊だから何もいらないとお聞きしていたので、その通りに支度して、朝手渡したのですが……。私が仕事に出かけたほんのわずかな時間に入れ替えてしまったんですね。本当に困りました。私が介護させていただいている方でも、明日からショートステイに行くので、お嬢様がすべて用意しにいらして、ケースの中のものは絶対に動かさないでねと貼り紙をしていくのに、中のものを移動してしまうことがあるんです」

「そうだったの、時々おかしいと思ったこともあるけれど、こんなこと初めてよ？」

「本当のことを言うと帰って来られるのか心配でした。中野さんのおかげです。ありがとうございました。こんな時に言いづらい話をしますが……。実は姉の知人たちから、最近何かおかしいという電話を頂いていたので、兄弟姉妹に内緒で、ある病院の認知症検査を申し込んだんです。ずいぶん多いんですね、三か月待ちですって」

「弟さんに何回もぶたれて、早く死ね、と言われたらしいわよ」

（いや、そんなはずがない。竹子は年上だから一目をおいていたはず。おかしいことばかりするようになったから、怒鳴られたことはあると思う。竹子の妄想なんだ）

こうして、次から次へとおかしいことが起こった。毎月第三日曜日は生け花教室の試験がある日。四谷の神田川沿いに試験会場がある。由美子もそんなことといちいち覚えているわけではないから、掃除機でもかけてあげようかなくらいの気持ちで実家に行った。ドアを開けるとクウが気がついて、いつものように尾っぽを振りながら飛びついてきた。リビングでは和夫が寝そべってテレビを見ていた。気にすることもなく台所で食器を洗いはじめた。すると、電話の鳴る音が聞こえてきた。和夫は絶対電話を取る人ではないから、手をエプロンで拭きながら走っていった。

「もしもし寺崎です」

「市川です。先生がまだ来ないんですが？」

この人は何回かお会いしたことがあるから、副支部長だということは知っていた。

「あのー、今いないんですがどうしたのでしょう。忘れるはずがないから何かあったのかもしれません。もう少し待っていただけますでしょうか」

と言って、とりあえず電話を切った。竹子が支部長だから、いないと採点ができない。それからまもなくして、キャリーバッグを引いて竹子が帰ってきた。するといきなり、

「花正に行ったけれど、どこだかわからなくなっちゃった。ぐるぐる回ってやっと見つけたんだけれど、閉まっていたから帰って来ちゃった」

キャリーバッグの端から黄色と白の花がちょこっとのぞいていたが、それがどこでなんのために買ってきたのかわからない。靴を脱いで上がろうとしているから、

「お姉さん、今日試験じゃなかったの？　市川さんからお姉さんが来ないと電話があったわよ。」

「エー、そうだったの？」

あわてて脱いだ靴を履き直して、階段を降りていったが、はたして四谷まで行かれるのか、由美子には考える余裕もなかった。

(何やっているのよ、花正さんには何十年も行っているじゃない。それに今日行った

っているわけないでしょ。家族総出で、会場に試験花持って行っているのだから。閉まっているの当たり前でしょ。先生方も竹子がまともな時もあるから、おかしいのに気がつかないのだろうか？）

先月も、竹子の生徒さんの受験料、数人分が納められていないという連絡が由美子にあったので、和夫に話しておいた。いつものように返事をしなかったが聞いているることは間違いない。最近では和夫が通帳を管理していたから、竹子は本当に自由にするお金がなかったと思う。と言っても、ここで、さんざん由美子に暴力をふるっていた和夫の味方をさらさらするつもりはない。竹子がお金の管理ができなくなっていたから渡せなかったのかもしれない。渡してもどこに置いたか忘れてしまい、ノートにお金を渡した日にちとサインを書いてもらっていたことを見たことがある。それは、今まで竹子がやっていたのにできなくなったことを認めなければいけない。そして由美子の言うことに耳を傾け、兄弟姉妹でこれからどうしたらいいか話し合わなければいけない。由美子が一言いうと「姉ちゃんは、認知症でない、お前が悪い悪い」とばかり言われ、話にもならず手が飛んできた。

竹子が由美子の家にお茶のみに来て、実家に帰る途中、誰かが

「先生、先生」

と呼んでいるのが耳に入った。振り返ってみると生花店のマギーの奥さんだった。

ここの店では、いつもおけいこの花を買って息子さんに届けてもらっている。

「お姉さん、マギーの奥さんよ、挨拶しているわよ」

と言って肩を叩いても、振り返るわけでもなく無表情。由美子も気まずくなって、会釈しながら、

「いつもお世話になっています。ちょっと急いでいるものですから失礼します」

そう言って、この場から逃げ出すように武蔵境の駅へ向かって歩いた。ちょうどその頃、生徒さんが何人もいないのにたくさんの稽古の花が届いたことがある。由美子も、何人いて誰が休みなのか知らないから、余った時は誰かが来なかったのかくらいに思っていた。

今振り返ってみると、生徒さんの人数も把握できなくなっていたのだ。だから余っ

た時は知人にあげたりしていた。マギーでも、いつもより注文が極端に多いことをおかしいと思わなかったのだろうか。

マギーの斜め前には、仕事上のゴム印を作ってもらっている印鑑屋がある。そこの奥様から、竹子の友達に電話があったそうだ。先生が昨日印鑑を作りに来たのに、また今日も来て、兄弟姉妹たちが通帳の印鑑を持って行ってしまうから作ってほしい、と言ったとか。おかしいと思った奥さんは、

「寺崎さん、昨日もそう言って作っていきましたよ。作るのだったら普通の印鑑を作ったらどうですか?」

と言ってくれたとか。結局作らないで帰ろうとしたら、家がわからなくなってしまったらしい。お店の奥さんもびっくりして友人に電話したのであろう。

道子に話したところ、驚くどころか、そんなところ通ったことがないと言った。家まで歩いてほんの四、五分のところにある。しかも、生まれてからずっと近くに住んでいるのだから、それはありえない。

由美子の知人で認知症の老人がいる。その人は、中央区の月島に住んでいる。ある日、家族が「お婆ちゃんがいなくなった」と騒いでいたら、警察から電話があり、四谷交番で保護しているということだった。なぜわかったかというと、物忘れがひどくなったことを家族が認識していたので、手首に名前と電話番号を入れたブレスレットを装着させていたからだ。これは本当に大事なことでもあり、家族が偉い。しかし、月島から四谷までは半端な距離でない。どうやってそこまで歩いて行ったかわからないが、思いがけない行動をすること、頭にいれておかなければいけない。

竹子の部屋に入ると仏壇がある。そこには父、母、そして桃子ちゃんのお位牌が入っている。父が亡くなってだいぶたってから、仏壇を大きくすると、みんなが手を合わせてくれるからと言って、母が大きいのに変えたそうだ。しかし、由美子が知る限り手を合わせたのは直子だけだろうか？　由美子がお花を買ってきても道子は、

「そんなことしたってお母さん喜ばないわよ」

と言った。

由美子は、むっとした。

(何かの宗教を信じている人が何ということなの。たまにはお線香でもあげたらどうなの?)

こんなこと人様に話したって、由美子の作り話だと言われるだろう。もっとすごい話がある。仕事に行く前にお線香をあげにいったら、なんと三人のお位牌が引き抜かれているではないか。そして仏壇の中の引き戸もはずされ、無残なすがたになっていた。由美子はびっくりして大きな声で、

「あれーどうしたの、これ?」

これ以上の言葉がなかった。由美子が大声を出すものだから、竹子がベッドから起きてきて、

「あれーどうしたの、こんなになってしまって。あたし知らないわよ?」

と言って、由美子が整理するのをじっと見ていた。道子に電話して聞いてみると、昨日仏壇の中を整理したけれどなんともなっていなかったと言う。お線香もあげたこ

ともない人だから、

「仏壇の中に、野口家の何かがあるの？」

と嫌みを言ったら、電話をすぐ切られてしまった。最近竹子が色々なものを隠してしまうから、道子が来ては、実家のあちらこちらを探し回っていることを知っていたからだ。

こういうことをするようになったということは、竹子がおかしくなったことを感じなければいけない。後日、直子が実家に来た時その話をしたら、道子に聞いてみると言った。やめなさいと言ったって、由美子の手を振り切ってまで電話をしようとしている。あげくのはて、

「仏壇を壊したのはお母さんです」

と、興奮して言うのでびっくりした。

（エーなんていうことなの。何で十五年前に亡くなった母が壊すの。何でそんなことするのよ。おかしいでしょ？）

もう、頭の中の血管が切れそうだった。以前、仏壇の上のほうから包丁が出てきた

ことがある。だれかに殺されるとか言って、竹子が隠したに違いない。あとで聞いたって覚えているわけがない。

由美子は長い間介護ヘルパーをしている。その中で何人かの認知症の方を介護してきた。その中には、竹子よりもっと大変な認知症の人を介護したことがある。妄想というのは、本当にありえないことが起こる。こんな頭のいい人が何故？　という行動を起こす。頭がいい悪いは関係ない。その現場を見ていない人には、妄想という言葉が浮かばないかもしれない。考えられないとんでもないことをする。まさに竹子だ。それを周りの人に言えば、見ていないから、逆に由美子の作り話だと言われる。誰かが気がついてあげなければいけない。そしてその人に寄り添って、みんなで話し合わなければいけない。残念ながら、由美子の兄弟姉妹の間ではそれができなかった。夜も眠れない日もあり、うなされていた時もあったと、夫に言われたこともある。心療内科に通院したこともある。

ここで一言アルツハイマー型認知症のことを話しておこう。由美子は医者でもないから、詳しいことはわからない。しかしこの方は？　と思う人はすぐわかる。脳における異常な変化を認めるため、日常できたことができなくなる。それを周囲から責められると、自信や自尊心がとても傷つけられる。できることに注目して引き出してあげる。例えば財布がないないと騒いでいたら、一緒になってさがしてあげる。見つけたら、見つかりやすいところに置き換えて自分で発見してもらう。それでもまた同じことを繰り返すかもしれない。できることはゆっくりでいいからやってもらう。役割を奪ってはいけない。

アルツハイマーは、根本的治療法は見つからないと言われている。しかし早期発見ができれば、本人やご家族にとっても心の準備ができ、進行をゆるやかにするなど支援の幅がひろがる。認知症をおさえる薬があるというではないか。由美子の家族のように、認知症という言葉を出しただけで、誰ひとり耳を傾ける者がいなかったのが残念。

認知症でないかと言ってあげるのも親切よと言われ、由美子が検査を申し込んだその日がついにきた。診察室前には付き添いの人もいるので、山のような人だった。MRI、血液、記憶力、色々な検査があった。

「山、バス、うぐいす。言ってごらんなさい？」

と先生がおっしゃった。合間には関係ない話をされ、再度それを覚えているか試していた。付き添いの由美子は、それを何気なく見ていたら、

「あなたは覚えていますか？」

と言われ、まさか由美子にまでためされると思っていなかったのであせった。三回目の診察で結果が出た。まさにアルツハイマー型認知症だった。兄弟姉妹に責められていたので、結果のコピーを皆に送った。すると道子が、

「次の診察は私が予約したから」

と言った。

由美子は呆然とした。最初から由美子が検査に連れて行っている。しかも前回行った時、次回行く日がコンピューターに出てくるのに、何たって言うことをきかない。

「直子が、あんたが嘘をつくからついていきなと言うから」

(何言っているのよ、そういうことを言われないように、結果のコピーを送ったでしょ？)

当日、由美子が行かなければいけないのに、和夫と一緒に構えているから竹子を連れ出すこともできなかった。竹子の友人たちにも報告しなければいけないので、病院へ先回りして、ひとり廊下で待っていた。すると、竹子の肩に手をかけながら、こちらに歩いて来る道子が見えた。姉妹が一緒に座ることもなく、由美子だけが前の長椅子に座って様子を窺っていた。すると竹子が、

「ねえ、あたしって本当にどこかおかしいの？」

と聞いていた。

「おかしいと言っているのは、そこの前にいる人だけ」

と道子が由美子を指さしていた。

(何言っているのよ、前回で認知症と出ているじゃない？)

結果が出ているのに、由美子が嘘をついたからこうなったと、兄弟姉妹から暴力が

始まり、実家の出入り禁止になったことを、竹子たちが来る前に看護師さんに話しておいた。

当然その話は先生にも通っていた。案の定、診察室に入っても道子が一方的に話して、由美子に話す隙間を与えなかった。

「実は、私が嘘をついたから認知症になったとみんなに責められているんです。さわやかサプリメントで治った人がいると言うんです」

これだけは言わなくてはいけないと思い、やっとのことで話すと先生も笑って、

「サプリメントなんかで治りませんよ。それでは薬はどうしますか？　とりあえず今日は薬はやめたほうがいいですね」

と言って、何も処方されなかった。噂によると、結局は道子が後日別の病院へ連れて行ったようだ。しかし薬なんか飲んだって効かないとかと言って、すぐやめてしまったとか。認知症でないとずっと言っていた人だからありえる。

兄弟姉妹たちに悪い悪いと言われてから、由美子はずいぶん実家に行っていない。

近くにいるのに、もう二年は竹子に会っていないんじゃないだろうか？　実家の前を通るだけでドキドキするような精神状態になっていた。そんなある日、しかも夜中の十二時を回った頃のこと。

ピンポン　ピンポン、

「お父さん、誰か来たみたいだよ、こんな時間に何だろう」

ピンポン、

「ほら鳴っているよ」

そう言っても、眠いものだから起きて見てこようともしない。

（まあいいか、こんな真夜中に人が来るわけないし……。でも、何となく気味がわるいな）

由美子も眠いから無視しようと思ったけれど、気になってドアの穴から覗いてみた。それを見てびっくり。竹子とクウが突っ立っているではないか。

「お父さん、お姉さんとクウがいるよ」

夫も起きないわけにいかず、仕方なく立ちあがろうとしていた。由美子がそっとドアを開けると、クウがいきなり飛びついてくるやいなや、繋がれたリードもまだ外していないというのに、夫のそばに走っていき、そこらじゅうペロペロなめていた。クウは由美子の家に何回も来ているから、その喜びようといったらなかった。

「お姉さん、こんな時間にどうしたの?」

「和夫があたしのことひっぱたくから、クウが怖くて帰らないんだよ」

「まあ、いいから入りなよ」

そう言っても入ってこない。隣の家にも聞こえるから、無理やりリビングまで引っ張ってきた。しかし、ここのところ行動がおかしいから、まともに聞こうと思わなかった。由美子の家は、実家から歩いてほんの四、五分のところにある。最近では、あんたのうちどこだっけという始末だから、きっと頭のいいクウが連れてきたのだろう。でもなんでこんな時間に来たんだろう。一種の徘徊かな? このまま泊めてあげてもよかったが、明日は朝早い仕事があるので、とりあえずなんとかして帰すことにした。三月はじめとはいっても夜中になるとまだ寒かった。それなのに竹子のかっこうといったら何だろう。パジャマだかTシャツだかわからないよれよれの汚い服で、しかもその上には何も着ていなかった。仕方がないから由美子のフードつきのコートを着せエレベーターにのせようとするが、クウが嫌がって動こうともしない。引っ張ろうとすると、今にも首が抜けそうになり、怒ってかみつかれる。こうなったら女を馬鹿にしているのかどうかわからないが、夫の言うことしかきかない。一階の自転車置き場まで来てもらい、後ろの籠にのせた。今の姉の状態は由美子が一番知っているつもりだから、こんな時間に来て、しかも明日は早い仕事があるというのに怒ることもできない。実家まで灯りもまばらにしかない暗い道を、何という会話をすることもなく、とぼとぼと自転車をころがしていった。クウもある程度のところまで来ると観念するから、籠から出して竹子にリードを持たせた。夜中でもあり、商店街にある実家まで近所の人に会わずホッとした。実家は、四階建ての三階にある。玄関の灯りが下から見るとやたらと光って見えた。

「早く上がってきてよ」

と竹子は言っているけれど、

「駄目だよ、私は出入り禁止になっているから上がっていけないのよ。クウは階段の下に結わいていくからね。和夫ちゃんを呼んできなよ」

と由美子は言って、その場を逃げるようにして角の八百屋の脇から見ていると、和夫があたりを見回しながらリードを引っ張っていった。しかし、久しぶりだというのにクウはよく由美子の家を覚えていた。あと五時間後には、起きて仕事に行かなければいけないというのに、こんな時間に実家まで上がって行くこともできないなんて、何ていうことなんだろう。家に帰ってきても寝付けない。目覚まし時計をセットし、夫にも起こしてもらうように頼んだ。そして、由美子が仕事に出かけると、入れ違いにまた竹子がクウを連れてきたとか。そして
「小池さん、クウは小池さんの家に来たことあるかしら？」

と言ったとか。

（何ということなの。さっき来たでしょ？　クウをUマートで買ってきたばかりの時、お姉さんが足の手術をしたばかりだから毎日散歩に連れて行ってあげたじゃない？）

クウは安心して、夫の布団の上でぐっすり寝込んでしまったらしい。しかし竹子は寝る時間があったのだろうか。

由美子が仕事から帰ってきたら、マンションの管理人さんに会った。立ち話をしている中で、

「そういえば、柴犬でしょ？　それも小さくてかわいらしくて。豆柴っていうんでしょ？　私も犬が好きだから少しは知っているの。お姉さんと玄関の植え込みのところに座っているのをよく見かけるから、お留守なんですか？　と言ってあげたの。それなのに、いっこうに六階まで上がって行きませんでしたよ」

管理人さんも、うすうす姉の行動がおかしいと思っていたに違いないから、言葉を濁した。クウは、竹子が大腿骨を手術をした平成十八年七月、退院してすぐ買ってきた。かなり高かった。ストレスがたまるとか言って、結婚もしていないので犬に癒しをもとめたのだろう。今までたくさんの犬を飼っていたが、お金を出して飼ったなんていうことはなかった。確か知人たちから頂いたのだと思う。みんなが犬好きだから、ましてや子犬だったのでかわいくて、誰一人文句を言う人はいなかった。クウを買った頃竹子は散歩できる状態ではなかった。もともと散歩させるというよりは、そばに置いておきたいという人だったから、毎日のように夫と二人で実家と由美子の家を往

復するようだった。しかし、クウってすごく頭がいい。時々散歩に連れて行き、とぼけて由美子のマンションを通過して先へ行こうとするのに、何も言わなくてもエレベーターの前まで行ってチョコンと座っている。

それから数年して夫が亡くなった。忘れもしない八月二十九日木曜日、残暑きびしい中、朝六時半には仕事に出かけた。そう言えば、以前竹子が真夜中にクウを連れてきて、実家まで送っていった日と同じ木曜日だ。こんな朝早い仕事は受けたくなかったが、どうしても人が見つからないというので、週一回ならと仕方なく受けた。出かけるのはいつも決まった時間。

「行ってくるね」

と言うと、夫はごみを捨てに行きながら、駐輪場のドアを開けてくれる。たまたまその日は下まで来てくれなかったけれど、そういう日もあったので、別に気にもしなかった。起きるとまずお茶を入れ、スポーツ新聞をひととおり読む。木曜日の朝は、

「五時半だぞ」

と必ず起こしてくれた。そして、由美子が仕事に行ったあとトイレに行き、食事をし薬を飲む。これはいつも決まったパターンだ。介護に行く場所は少し遠いところだったので、余裕を持って出かけた。時間の余る時は、訪問先の並びの花屋の犬、さすけをあやして時間調節をしている。二時間の仕事だから終わるのはちょうど九時。ノートに記録をしていると携帯電話が鳴った。出てみると事務所からだった。次の方が体調悪いのでキャンセルするということだった。仕事が十時からだったので、いつも公園で時間調整をしていたが、そのまま家に帰った。

「ただいま」

と言って、ドアを開けながら入っていった。その場を見てびっくり。夫が頭と胴体だけが寝室で、足を玄関に続く廊下に出して仰向けになっていた。

「お父さん、お父さん、どうしたの」

由美子が何回声をかけても返事をしない。目も開かない、足を触ったら冷たい。もうドキドキして震えが止まらなかった。何しろ救急車を呼ばなくては。

「119、いや199だ。いや、やっぱり119だ、もしもし、もしもし」

「こちら東京消防庁です、どうしました？」

「主人が冷たいんです、動かないんです」

そんなやりとりをしていると、消防署がマンションの斜め前だったからだろうか？

十分もしないうちに救急車が来た。商店街だからはしご車もきた。由美子も車に乗っていったが夫が目を開けることはなかった。救命救急センターに運ばれ、二十分もたたないうちに先生が出ていらして、

「色々手をつくしましたが、残念ながら息をお引き取りになりました」

と言った。死因は小脳出血だった。前日にはスーパーへ行き五キロのお米を持ってもらい、十日前には夫の誕生日を孫たちと祝ったばかりだというのに、こんなことになってしまって……。

まず由美子の長男、伸一に電話した。

「お父さんが死んだ……」

次に夫の兄嫁に電話したら、まだ信じられないという声をしていた。先月お盆に二人でお線香をあげにいったのだから。

息子が来るまで時間があったので、由美子は長兄の元也に電話した。

「お兄さん、皆に縁切りされているけれど旦那が今亡くなったの」

身内の誰一人にも連絡できなかったので、普段あまり付き合いのなかった元也だけれど、別に喧嘩していたわけでもないから電話した。すると、思わぬ返事が返ってきた。

「お前なー、自分から縁切りしたんだろ。少しは反省しろ」

と怒鳴られ、ただそれだけで切られてしまった。もう目の前が真っ暗。兄だけは自分に顔も似ているし、律儀ですべて自分とそっくりだと思っていたので、崖から突き落とされたようだった。


障碍のあった桃子ちゃんが、亡くなる時由美子の名前をずっと呼んでいたということを、竹子から聞いている。

「由美子はすぐ来るからね?」

と言ってくれたとか。

前日、それも夜の十時頃まで楽しく会話をして、まさかそんなことになるなんて想像もしなかったので、排便の処理だけして帰ってきた。今考えてみれば、宿便だったのだろうか？　真っ黒な便がたくさん出てきてた。腸をきれいにして、天国へ旅立ったのだろう。何もわからない人だったが桃子ちゃんらしい。それから六時間、朝五時前だというのに救急車に由美子も一緒に乗っていった。


（それなのに何で私から縁切りすることがあるの？　みんな何も知らないのに）

由美子は病院の待合室で泣き崩れた。

その後も、本当のことをわかってもらいたいために元也の所へ電話したら兄嫁が、

「来れば」

と言ってくれたので支度をしていると、すぐ元也から「来るな」と電話があった。

それからも一方的に電話があったが、怖くてとれなかったのでメールをしたところ、

「メールなんかしないで電話に出ろ」

と怒鳴った声で留守電にはいっていた。竹子がおかしいと由美子が言ったことから、

何も知らない元也に誰が何を話したのか、またそれをうのみにして、由美子の言うことを聞こうともせず、悪い悪いと言って本当に悲しい。このメッセージを証拠として残しておこうと思ったが、留守電を聞くたびに、まず一番にこれが聞こえてきた。こんなことしたら病気になってしまうからやめなさいと友達に言われ、消去することにした。おそらく病気になっていたと思う。いや絶対になっていた。夫の葬儀も由美子の兄弟姉妹は誰一人来ず、何とか夫の兄弟姉妹と友達に助けられ密葬を行うことができた。

母の遺言

最大親孝行をしてもらい　本当に幸せでした
これからもどんなことがあっても　けんかはしないこと
話し合えば解決するものです
近所の方　お花のおおぜいの皆様に愛され
ほんとうにしあわせでした　ありがとう
　　　　桃子ちゃん頼みます
我が人生に悔いはない　人間一生懸命生きれば
悔いは残りません　何も思い残すことはない
体も痛いところもなにもなく　やわらかくこんにゃくのようです
それでは皆体に気をつけてね

桃子ちゃんこんな体に産んでごめんね　どんなにつらかったろうね

これは平成十年五月十九日、肺癌で亡くなった母の遺言だ。何回読んでも、実の母の書いたものだから涙が出てくる。これは由美子にとって、母の本心が入っているから、お位牌より大事なものだと思っている。決してきれいだとは言えない字だったけれど、古びた手帳をめくっていったら書いてあった。それを誰が置いたのかわからないが、ベッドのマットレスの下から出てきた。八十三歳までの生涯、入院なんかしたことのない人だったから、テレビか何かで癌のことを見て、もしかしたら、なんて思ったのではないだろうか？　子供たちが見舞いに来ない、そんな時に書いていたのだろう。本当にやるせない。

これを従妹、と言っても由美子より二十歳以上も年上の梅子ちゃんに、書き直してもらうように頼んでおいたらしい。梅子ちゃんの字はきれいで、本当に誰が見てもほれぼれするようだった。母に頼まれた時、内容を見てショックを受け、一旦は躊躇したようだが、あまり言うものだから引き受けたらしい。それが確か額に入れて実家の仏壇の前に置いてあったはずなのに、いつの間にかなくなっていた。由美子と兄弟姉妹が喧嘩した時、どこからか引っ張り出してきて、和夫のテーブルの前に置くようになった。それなのに、竹子がおかしいと由美子が言い出してから、暴力と暴言が始まった。


ある日、由美子が午前中の仕事が終わって家のポストを見ると、茶色いものがはみ出しているのが目に入った。それはA4判くらいの封筒だった。裏に差出人の名前が入っていなかったが、道子からだとすぐわかった。何か嫌な予感がして、急いで自宅へ行き開けてみると、まさに額に入った母の書いた遺言だった。

(何ていうことなの、どこまで私に嫌がらせをするの。旦那が急死してこころの整理もつかず、毎日つらい日々を送っているというのに)

もうドキドキして頭の中が真っ白になった。これは本家でみんなが集まった時に見えるところへ置いておくものだ。そしてこれを読んで、みんなが仲良くしなさいと母が言っていることではないか。こんなことをされても、竹子がおかしくなったことを認めないいんだから悲しい。いや、もしかしたら認めているんだけれど、それを素直に言えないのかもしれない。

噂で実家が取り壊され、当分の間他へ引っ越すらしい。実家に会いに行けないので、ここで会っておかないと由美子のことを忘れてしまうから、ケアマネージャーに事情を説明して、デイサービスに行っている場所で会えるように段取りをとってもらった。今までは毎日のように掃除をしたりケーキを買っていってはお茶のみをしていた。そばに引っ越ししてきて本当によかったと思っていたのに、今では竹子に会いに行くこともできなくなった。

この日は久しぶりに仕事がなかった。前日会えるようにお願いしておいたので、何とか会うことができた。まるで刑務所に面会にでも行くみたいで、時間も制限され、そばには所長さんがつきっきりだった。家族の恥ずかしい話をしなければいけないから、席を外してほしかったが、預かっている以上目が離せないらしい。入り口で待っていると、スタッフに連れられ竹子が出てきた。はじめはぶっきらぼうだったが由美子のことは覚えていたようだった。

「今日ここに来たのは、和夫ちゃんと道子ちゃんから武蔵境の家、出入り禁止と言われているの。だからお姉さんに会いに行かれないから……。ここで会えるのも所長さんの配慮でできたのよ？」

それでも、久しぶりだという顔を見せるわけでもなくブスッとして、

「それだったら縁切りしなさいよ」

「縁切りしなさいでないのよ、縁切りされたのよ悲しいね……。今日は、どうしても話したいことがあったから来たの。旦那が死んだこと知ってる？」

「知らない」

「旦那は一年前に急に死んだのよ」

嫁が作ってくれた、メモリアルビデオのカバーの写真を見せ、

「この人誰だかわかる？」

「わからない」

「エー、これわからないの？　旦那じゃない。私は、お姉さんの先生の村田さんの紹介で結婚したんじゃない」

（これ本当のこと？　もしかしたら、私がみんなとうまくいっていないから、とぼけているのかもしれない）

もしこれが本当だとしたら、悲しいとともに認知症がかなりすすんでいることになる。

「お姉さん、写真教室の川原さん知っているでしょ？　一条先生が亡くなったんだって。道子ちゃんが電話に出ると、電話をしないで下さいと言われるから、連絡ができなくて私に知らせてきたの」

「道子もきついからね」

たくさんの生徒さんが撮った写真が載っている分厚い本を見せた。もちろん竹子の撮った写真も何枚か載っている。本の表紙には生徒さんの名前、そして下の方にはオレンジ色で目立つように、亡くなった先生の名前が入っていた。色々話しても夫の写真や本を手にとることはなかった。そして由美子は持っていったもう一冊の本を見せ、

「これ私が書いたのよ」

そう言っても驚くでもなく、何の反応も見せずがっかりした。

「旦那が亡くなったから、一緒に住んだらと言ってくれる人もいるのよ?」

と言っても、ただ黙っていた。

(でも、本当に今日会えてよかった。もういつ会えるかわからないから)


そう思って竹子の姿を目に焼き付けてきたつもりだったが、二週間後なんと趣味の写真教室の川原さんから電話があり、竹子と会いたいと言うのだ。久しぶりに会った姉の姿を見せるのはどうかと一旦は躊躇したが、どうしても会いたいと言うので、武蔵境の駅で待ち合わせ、由美子を含め三人でデイサービスの場所までタクシーに乗って行った。ちょうど食事が終わったばかりのようで、デイルームで輪になってなにかをしていた。連絡を入れておいたので、会議室のような個室に竹子を連れてきてくれた。用意して下さった椅子に座るやいなやひとりの人が

「川原です」

とおっしゃった。

(言わないで、覚えているか確かめたいから)

と、左手で合図したが気がつかないようだった。

だってそうではないだろうか。長いお付き合いで、皆さんと外国まで行った仲なんだから。改めて名前なんか言わなくても、わからなくてはおかしい。

「お姉さん引っ越したんでしょ？」

「引っ越しなんかしていないわよ」

「じゃあどこに住んでいるのよ」

「吉祥寺よ」

「エー、何言っているのよ。武蔵境、そう桜堤じゃない」

吉祥寺は、中学生の頃からお花のおけいこで利用していた駅だから、当然忘れていない。

「お姉さん、この人誰だかわかる？」

姉の左隣に座っているもう一人の友人を指差して言うと、その人の顔を見るでもなく、

「中学時代の友達よ」

と言った。この人こそ内科医の奥様。これで他の人もハッキリ認識したと思う。今まで人を引っ張っていった姿がみじんも感じられない。本当はこの人誰？　という言い方をすると、不安にさせるだけだったから言いたくなかった。しかし、せっかく会いに来て下さったのだから、現実を見て帰っていただきたかった。それから皆、意思疎通も取れず、誰一人声をかけず暗い空気となった。

するといきなり竹子が、

「朝から何なのよ」

と怒鳴りだした。そして、帰るまで由美子の名前を口にすることはなかった。おそらく噂に聞いていたように、由美子の名前も忘れてしまったのだろう。帰り際に施設の人がこっそり教えてくれた。引っ越ししてから急に認知症がひどくなり、トイレに行くと排泄を忘れてしまい失禁が多くなったとか。

夫が急に亡くなり、心の整理もついていないというある日、カナダに住んでいる明とスカイプを開いていると、インターホンが鳴った。出てみると、なんと妹ではないか。

「直子です」

由美子はびっくりした。一年以上音沙汰がなかったのに、なんだろうと思いながらも、ドアを開けないわけにはいかない。そこには、直子の夫の雄三さんもいた。

「あがれば?」

と言うと、ブスッとしたまま入ってきた。パソコンの画面には明が大きく映っていた。それを見て、

「ちょうどいい、明君も聞いて?」

それはそれは興奮して……。

明もびっくりした顔をしていた。

「どうする切る?」

と言ったが、あまりにも事態が異常なのでジッと見ていた。

「旦那が定年になりました。こんど宮崎県に引っ越します。住所も知らせません、死んでも知らせません」

と言うから、

「あっ、そうなの」

と言うと帰り際に、

「お姉さんは由美子ちゃんのことなんて覚えていませんからね」

と捨て台詞を残してドアをバターンと閉めながら出て行った。

（エッ、それってどういうこと？　今あったことはすぐ忘れてしまうけれど。みんなおかしくないと言ってたでしょ。おかしいのは由美子だって）

スカイプですべてを見ていた明は、直子の行動に驚いていた。

「おばさんそんなことを言うために、わざわざ山梨から出てきたの？　お婆ちゃんの家に行ってきた帰りかな？　お父さんの葬式にも来ない人が、お線香もあげていかないで……。しかもわざわざ死んでも知らせません、住所も知らせませんなんて言いに来て頭おかしいんじゃない。確かおじさん立派な大学出ているんだよね？　なんで止めなかったのだろう」

明も、ただあきれるばかりだった。

兄弟姉妹とは縁切りされているのに、なぜか竹子がA病院に入院したと、道子から由美子に連絡がきた。排尿の時多量の出血があり、それが止まらないとか。そんなこと言われたって知らないわよ、と思いながらも竹子と喧嘩したわけでもないし、いつもどうしているのか頭から離れなかったので様子を見に行った。老人性何とかといって、高齢者になると腸から出血する人がいるとか言っていた。そんな詳しいこと由美子にはどうでもいいことだった。

十日間くらい入院していただろうか。退院するまでの間出血が何回となくあったようだ。由美子も仕事の合間をみては、ほとんど毎日のように様子を見に行った。そこにはいつも道子が泊まっているらしく、身動きが取れないような簡易ベッドが置いてあった。竹子の部屋は個室だったので、誰を気にすることもなく話ができた。

「道子ちゃん、ここに泊まっているの。家は目と鼻の先じゃない。何も泊まることないんじゃないの?」

「だって、私がいないとお姉さんどこかへ行ってしまうから」

（ふーん、それってておかしくない？　普通の人だったらどこへも行かないでしょ。まして や部屋を出てすぐのところにナースステーションがあるのだから）

いくら個室とはいえ、高ぶる気持ちをじっと抑えた。しかし病院でもよく簡易ベッドを貸してくれたと思う。そして、いよいよ明日退院するという日がきた。病院まで行くにはかなり遠い仕事をしていたけれど、自転車のペダルをスピードを出してこぎ、様子を見に行った。病室には当然道子もいた。竹子は由美子に気がつきいきなり、

「今日ここに来たのよ。今まで違うところにいたの」

「あっ、そうなの？」

（何ていうことなの、何日入院したと思っているの。しかも明日は退院するんでしょ？）

と思いながらも、由美子は涙が出るのをこらえ、これ以上言葉をかける気になれなかった。

ねーみんな認めてよ、お姉さんはおかしいんでしょ？　私がおかしいと言ってから責めて責められて。

まあ色々あったけれど、竹子が長女でよかった。戦後の生活が苦しい中、弟二人妹四人ができ、母がずっと桃子ちゃんの世話に明け暮れた日々だったので、まだ高校生だというのに制服を着て小学校の入学式にも出てくれ、まるで母親のようだった。卒業した頃には三人の妹たちの水着やオーバーも作ってくれた。それが、それぞれの個性に合っていた。

その頃、ちょうどセーターの機械あみがはやりだし、少し習いに行っただけなのにすぐ覚えて、次から次へと作ってくれた。袖口だけはどうしても指先を使うことが多く、皮がむけ血が出ているのを見たことがある。忘れもしない、小学二年生の時学芸会で踊ったペチカの衣装。白いタートルの上に着た青いジャンパースカート。裾に細いワイヤーが入れてあり、それが踊るたびにひらひらと動いて。引っ込み思案の由美子が舞台で、

（みんな見て、すてきでしょ）

と思いながら自慢して生徒たちを魅了させたことを覚えている。これも竹子がペチ

カをイメージして作ってくれたお陰だ。

雪の降る夜は楽しいペチカ
ペチカ燃えろよ　お話しましょ
むかし　むかしの　燃えろよペチカ

でも、何故こんなことになってしまったのだろう。何かのショックがあって認知症になることもあると、あるデータで読んだことがある。おかしくなったのは、たぶん竹子の知人たちが言うように、母が亡くなってから、共に生活してきた桃子ちゃんが突然亡くなり、行き場がなくなったからではないだろうか？

それから間もなくして竹子は老人ホームへ入所した。そこは由美子の家からも遠かったけれど、実家に会いに行くことができなかったので、仕事の合間には会いに行った。偶然だったのか、いつも窓際にポツンと座っていた。身びいきかもしれないが、みんながテレビを見ているところへ連れて行ってほしいと思った。しかし何を見ても反応しないから仕方がない。何とかならないのかというあせりから、竹子のことを気にして下さっている友人や知人たちにも現況を知らせながら、ある生け花の先生に相談した。すると先生の一人から

「長い間生け花を教えていたんだから、お花でも買って持っていったら？　そして生けてもらうのよ。思い出すかもしれないわよ」

とアドバイスをいただいた。

さっそく由美子は、黄色いバラ十本とリンドウ五本、それにカスミソウを持ってホームへ行った。

「お姉さん、吉祥寺の駅のそばでお花買ってきたの。この組み合わせどお、センスいいでしょ？　生け花の先生なんだから、生けてロビーにでもかざってあげたら。みんなが喜ぶわよ？」

そう言っても、何の反応もなかった。たまたま夕食前だったので、テーブルがたく

さんあいていたので、借りてハサミを持たせた。そこのスタッフも竹子がどういう人だかわかっていなかったらしい。事情を説明したら、そばに寄ってきて見ていた。するといきなりバラの花の首から何本か切り出した。

「あー、なんていうことするの」

これは駄目だと思いハサミを取り上げ、由美子が何とかまとめ生け直した。戦後の貧しい生活の中、親のみえか、それとも自分が習いたかったのかわからないが、何十年もお花に関わってきた人が何もかも忘れてしまった。もう無理なことはやめよう。たまに私が買ってきて花瓶に入れてあげればいい。CDプレイヤーを買ってあげたが歌うことはなかった。歌わなくてもいい。私がそばで、竹子の好きだった歌を歌ってあげればいい、と由美子は思った。


それから半年以上たって別の老人ホームへ移った。そこは以前と違って、実家や由美子の家からも多少近くて、介護の仕事で忙しい由美子にとってはありがたいことだった。実家に行くことができなかった由美子にとって、何より嬉しいことはたえず竹子に会えることだ。月に一回はホームに行くようにしている。

「私誰だかわかる？」

そんなこと聞いたってわからないんだからやめればよかったが、由美子はかすかな望みに期待した。ホームには大きな桜の木が何本もあり、満開になればそれは見事に美しいことは、以前から仕事でよくこの道を通っていたので知っていた。忙しくてなかなか会いに行けなかったけれど、会いに行くたびに手のひらを何回もさすってあげ、ペットボトルの麦茶をたくさん飲ませた。それは水分をたくさんとり手をこすると血流が良くなり認知症が治るとテレビで放映しているのを見たことがあるからだ。しかし、こんなにすすんでは無理だとわかっているのに、何かを思い出してくれればと、自分勝手な期待だけでやったことだ。そして誰かが、こうすると治ると言った情報を聞くと、次から次へと試みた。三階のフロアーから一階までエレベーターで下り、施設の周りを車椅子を押しながら散策した。桜の木々の間からのぞく青空が何とも言えなく、そのコントラストが見事だった。涙を拭きながら一つ一つ指で説明しても、見ることもなく悲しい思いをした。こういうことをしてあげることも由美子の自己満足にしかすぎなかったかもしれない。施設に戻ると一階のフロアーの奥でカラオケをしているような光景を目にした。竹子も由美子も歌うことが好きだった。歌わなくても、聞くだけでいいからドアを開けて覗いてみた。誰が入ってきたのかと、いっせいに皆振り返って、由美子たちに視線がそそがれた。すると、一人の女性が、

「あんたたち見たことないけれど何階の人？」

と話しかけてきた。

「三階です。この施設の人は誰でもここに来ていいと聞いたので初めて来てみました。宜しくお願い致します」

「ああこの人、前に髪を切ったことがある」

と、竹子のことを思い出した人がいた。その人はたぶんここに入所する前は美容師さんだったのであろう。きっとボランティアでやってくれたのだと思う。

「ところであんた幾つなの？」

「お姉さん、何歳か聞いているよ？」

すると、竹子が三十歳と言った。

「違うでしょ、七十八歳でしょ？」

周りの人たちも顔を見合わせ笑って、まさにアルツハイマー型認知症だということがわかってしまった。

次から次へと古い歌が流れてきた。

「お姉さんこの歌知っているよね、好きだったじゃない？」

髪の乱れに手をやれば　赤いけだしが風に舞う
憎や恋しや　塩屋の岬　投げて届かぬ想いの糸が
胸にからんで　涙をしぼる

一緒に歌わせようと思って肩をたたいても全然見向きもしない。

(やっぱりダメか、でもいつかは思い出すに違いない)

結局、由美子が何曲か口ずさんだだけで歌うことはなかった。

以前教壇に立っていた人が、今では歌を忘れたカナリアみたいで本当に悲しい。ここでふと大正時代の詩人、西条八十が書いた「かなりあ」を思い出した。「歌を忘れたカナリアは後ろの山に棄てましょか　いえいえそれはなりませぬ」といった悲しい歌詞が続くが、最後には「象牙の船に銀の櫂、月夜の海に浮かべれば、忘れた歌を思い出す」。

これとは全然心情が違うが竹子と重ね合わせた。歌を忘れたカナリアも自分の居場所を見つければ再び美しい声で歌いだす。調べたところによると、西条が創作活動に行き詰まりを感じていた当時の心境を、歌詞にしたとも言われている。

竹子は由美子が行くと、笑うというか、何気ない視線が追いかけてくる。今まで頑張りすぎたから少し休めばいい。そしていつか、以前のように楽しい会話をしたり歌ったりすることができる日を待っている。

終わりに

最近認知症の体験談を公の場で話をしたり、出版する方が多くなりました。私もその一人です。しかし、それは介護してみてどれだけ大変だったか、どうすればいいのか迷ったりしたことをみんなで考え、話すことによって介護する人や、される人のこころをいかに癒してあげられるかということではないでしょうか。

私は何回も研修を受けてきたので一般の人よりわかっていたつもりです。単なる物忘れとアルツハイマー型認知症とは違うんです。

先日あるテレビで、有名な方が認知症になったお母様の介護を長年されていたということを話されていました。そこで、お母様のされることを怒ってはいけない、否定してはいけない、合わせるようにしなくてはいけない、こちらから切り替えなければいけないとおっしゃっていました。その通りです。

残念なことは、竹子がおかしくなったことに最初に気がついたのは由美子でした。

そして友人や知人たちでした。テレビ等でも、奥さんまたはご主人が体験談の中で話していらっしゃいますが、おかしくなったことを恥ずかしがらないで公表することです。

だから、これからもそばで面倒を見てあげようと思っていましたが、兄弟姉妹に話したことによって体験どころではなく、そういう人ばかりを見ているお前の方がおかしいと言われ、竹子に会うことすらできなくなりました。竹子のことを話すことがタブーとなり、追い詰められていき体調も悪くなりました。どんな小さなことでも異変を見つけて早期治療をすることが大事だと言われているではないですか。治療が早ければ早いほどよくなると言われているではないですか。認知症の初期（財布がないと騒ぐ。同じ質問を何回もする。同じものを何度も買ってくる）等、悪化してくると、怒りっぽくなる。徘徊をする。トイレに行こうとしたのにトイレに行くことを忘れる。ゆえに失禁が多くなる等、他にもっともっと話したいことがあります。しかし話せば話すほど、自分が妄想ばかり言っておかしいと言われ、本当に悲しいことです。だから、今ここにこうして書くことがいいものかずいぶん悩みました。竹子に毎月会いに行くたびに、認知症がすすんでいるのがわかりました。これから、もっともっと増えると思われる認知症の人、その人を支えていらっしゃる周りの方、どうかこの問題に向き合って、皆さんで助け合いよりよい生活を送ってほしいものです。

私が何故こんな恥ずかしいことを書こうと思ったのか。これから増えると思われる認知症の人、そしてその人を支えるご家族の人が、どうやってこの問題に向き合っていくか、初めて私小説にしてみました。つたない文章ですが、こんなことがあったのかと参考にしていただければ幸いに存じます。

ある病院の事務局へ長姉の書類をもらいに行った時、

「こんな恥ずかしいこと、他のご家庭でもあるでしょうか?」

とお聞きしたところ、ますます増えるとおっしゃっていました。例えば、認知症になった人に資産がたくさんあったり、また生活が大変なご家庭の中で認知症になった人がいたらどうでしょうか? 老々介護でどちらかが認知症になったらどうしましょうか？　目に見えない色々な問題が起こってきます。認知症になりたくてなったわけではないんです。

周りの人たちが皆さんで助け合い、ネガティブでなくポジティブな話し合いの場を持ってほしいものです。

著者プロフィール
西村　まどか（にしむら　まどか）
東京都生まれ。
高校を卒業後一時家庭に入るが、17年余り金融機関に勤める。
その後介護ヘルパーとして現在に至る。

何故　Naze

2021年12月15日　初版第１刷発行

著　者　西村 まどか
発行者　瓜谷 綱延
発行所　株式会社文芸社
〒160-0022　東京都新宿区新宿１－10－１
電話　03-5369-3060（代表）
03-5369-2299（販売）

印刷所　株式会社晃陽社

ISBN978-4-286-23304-8